الآراء الواردة ﴾ هذه الدراسة لا تعبّر بالضرورة
عن مركز تريندز للبحوث والاستشارات

@ جميع حقوق النشر محفوظة

الطبعة الأولى 2021

Order No: MC-02-01-7745926

ISBN: 978-9948-846-11-6

جميـع حقـوق الطبـع والتوزيـع مملوكـة للناشـر، ويحظـر النقـل أو الترجمـة أو الاقتبـاس مـن هـذا الكتـاب ﴾ أي شـكل كان؛ جزئيـاً أو كليـاً مـن دون إذن خطـي مـن الناشـر، وهـذه الحقـوق محفوظـة بالنسـبة إلـى دول العالـم كلهـا. وقـد اتخـذت إجـراءات التسـجيل والحمايـة كافـة بهـذا الشـأن بموجـب الاتفاقيـات الدوليـة لحمايـة الحقـوق الفنيـة والأدبيـة.

@ مركز تريندز للبحوث والاستشارات

http://trendsresearch.org

نبذة عن
مركز تريندز للبحوث والاستشارات

يُعد مركز «تريندز للبحوث والاستشارات» مؤسسة بحثية مستقلة، تأسس عام 2014، ويهتم باستشراف المستقبل في جوانبه الاستراتيجية والسياسية والاقتصادية، وتتبع القضايا العالمية المختلفة. كما يهدف المركز إلى تحليل الفرص والتحديات على مختلف الصُّعُد الجيوسياسية الراهنة، وما تحمله من متغيرات محتملة، مع محاولة إيجاد إجابات وتفسيرات علمية وموضوعية من شأنها المساهمة في التأثير في اتجاهات الأحداث مع مراعاة نواحي التحليل والنقد والاستشراف.

ويقدّم المركز، من أجل تحقيق غاياته العلمية، دراسات رصينة ذات أبعاد استشرافية مستقبلية، ويطرح أفضل البدائل الممكنة لمساعدة صنّاع القرار في معرفة التطورات الإقليمية والدولية بشكل أعمق، والاستفادة مما توفره من فرص. كما يقوم المركز برصد الاتجاهات والتغييرات الاستراتيجية والاقتصادية والإقليمية والدولية، والتنبؤ بآثارها المستقبلية، وذلك وفق الضوابط العلمية المتعارف عليها دولياً لدى أعرق مراكز التفكير والبحث العلمي.

www.ingramcontent.com/pod-product-compliance
Lightning Source LLC
Chambersburg PA
CBHW060926130726
48001CB00006B/2445

تريندز للبحوث والاستشارات
TRENDS RESEARCH & ADVISORY

المراجعــات فــي تجــارب الحــركات الإســلاموية في مرحلــة مـا بعـد «الربيـع العربـي»: حركـة النهضـة أنموذجـاً

فريد بن بلقاسم

اتجاهات حول الإسلام السياسي (1)

إبريل 2021

قائمة المحتويات

ملخص تنفيذي 5

مقدمة 7

مدخل منهجي 8

أولاً: نبذة تاريخية 8

ثانياً: في سياق المراجعات 10

ثالثاً: في دلالة المراجعات 16

رابعاً: في حدود المراجعات 22

خاتمة 29

قائمة المصادر والمراجع 30

نبذة عن المؤلف 33

المراجعات في تجارب الحركات الإسلاموية في مرحلة ما بعد «الربيع العربي»: حركة النهضة أنموذجاً

ملخص تنفيذي

نروم في هذه الدراسة تعميق النظر من زاوية تحليلية ونقدية في تجربة المراجعات التي أعلنت حركة النهضة أنها قامت بها منذ مؤتمرها العاشر في عام 2016؛ فقد روجت الحركة لخطاب يقوم على إعادة التموقع الأيديولوجي خارج إطار الإسلاموية، وفك الارتباط مع جماعة الإخوان المسلمين، ووضعت في استراتيجية هذا الخطاب عنوانين براقين: الفصل بين الدعوي والسياسي، والإسلام الديمقراطي أو المسلمين الديمقراطيين.

وقد سلكنا في تدبر هذه القضية منهجاً ينهض على مراحل ثلاث؛ وضعنا في الأولى تجربة المراجعات في سياقها التاريخي، ما يسهم في فهم دوافعها وأطرها الوطنية والإقليمية والدولية المحددة، وهو ما يكشف واقع الإكراهات والضغوطات التي حُفت بها. وسبرنا في الثانية أغوار دلالة تلك المراجعات من خلال تحليل خطاب حركة النهضة وتفكيك عناصره الأساسية. وكشفنا في الثالثة حدود تلك المراجعات وما اكتنفها من ثغرات ومطبات معرفية وأخلاقية، من خلال الحفر في طبقات ذلك الخطاب في مستوى ما صرح به وما سكت عنه.

لقد كان رهاننا العلمي في هذه الدراسة بيان حدود مفهوم المراجعات في تجارب الحركات الإسلاموية، وأنه لا يفي بالحاجة حتى تتخلص تلك الحركات من عقال أطروحاتها الأيديولوجية التي تشكل، مثلما يجلوه تاريخها، تحدياً فكرياً للعقل العربي الإسلامي في سعيه إلى الحداثة الفكرية، وتهديداً وخطراً على استقرار المجتمعات والدول، وعائقاً يحول دون سعيها إلى اللحاق بركب الحضارة الإنسانية والإسهام في رقيها وتقدمها.

مقدمة

تميـزت بدايـة مـا يعـرف بـ «الربيـع العربـي» بصعـود الحركات الإسـلاموية،[1] فيمـا يشبه موجـة جديـدة ممـا يسـمى «الصحـوة الإسـلامية»، وقـد تمكـن عـدد منهـا مـن الوصـول إلـى السـلطة فـي تونـس والمغـرب ومصـر وليبيـا؛ مـا جعـل الأمـر يبـدو وكأنـه ربيـع إسـلامي، ومـا لبـث أن انقلـب الصعـود إلـى انكفـاء وانحسـار تحـت تأثيـر عـدة عوامـل مرتبطـة بالسـياقات المحليـة والإقليميـة والدوليـة.

وقـد شـرعت بعـض تلـك الحـركات فـي إجـراء مـا يعـرف فـي أدبياتهـا بالمراجعـات، وهـو تقليـد مألـوف كلمـا مـرت بأزمـة أو مـأزق. ولعـل حركـة النهضـة فـي تونـس مـن أبـرز الأمثلـة علـى ذلـك، فهـي حركـة ذات هويـة إسـلاموية منـذ نشـأتها، وقـد اتخـذت مـن تصـورات الإسـلام السياسـي وأطروحاتـه مرجعيـة، وظلـت متشـبثة بهويتهـا إلـى حـدود مؤتمرهـا العاشـر المنعقـد فـي الفتـرة 23-20 مايـو 2016، وقـد كان عنوانـه «المراجعـة والتحـول والتغييـر»، وقـد كانـت مقولتـا فصـل الدعـوي عـن السياسـي والإسـلام الديمقراطـي أهـم مخرجاتـه؛ مـا شـكل توجهـاً ترتسـم بـه ملامـح صورتهـا وهويتهـا الجديدتين.

وقـد أثـارت هـذه التوجهـات غيـر المسـبوقة التـي بلغـت فـي بعـض الأحيـان حـد التصريـح بفـك الارتبـاط بجماعـة الإخـوان المسـلمين ونفـي الانتسـاب إلـى دائـرة الإسـلام السياسـي ردود فعـل مختلفـة مستحسـنة وقلقـة ومتوجسـة، وهـو مـا يدفـع إلـى أن يكـون رهـان هـذه الدراسـة اختبـار مصداقيـة هاتيـن المقولتيـن المعرفيـة والأخلاقيـة ومـدى الالتـزام العملـي

---

1. يسـتدعي الأمـر بدايـة التنبيـه إلـى مسـألتين؛ الأولـى نسـتعمل مصطلـح «الربيـع العربـي» علـى سـبيل التجـوز، ونحـن نـدرك أن التسـمية ليسـت عفويـة بـل لهـا خلفيتهـا، خصوصـاً مـن المنظـور الغربـي، وفـي الواقـع وبصـرف النظـر عـن كـون الانتفاضـات الشـعبية حركـة تلقائيـة أو مؤامـرة فإنهـا قـد أفـرزت وضعـاً مضطربـاً متسـماً بالغمـوض والتعقيـد وسـاهم فـي تعميـق الأزمـات. راجـع: حسـن محمـد الزيـن، الربيـع العربـي آخـر عمليـات الشـرق الأوسـط الكبيـر (بيـروت: دار القلـم الجديـد، 2013)، ص 12. والثانيـة نقصـد بالإسـلاموية فـي إطـار هـذه الدراسـة أيديولوجيـا سياسـية-اجتماعيـة تنهـض علـى فهـم مخصـوص للمـوروث الإسـلامي نصوصـاً وعقائـد وتاريخـاً، وتوظيـف لـه مـن الجماعـات والحـركات علـى تعددهـا تعـدد انسـجام أحيانـاً وتنوعهـا تنـوع تنافـر أحيانـاً أخـرى، ولكنـه تنافـر ظاهـري لاشـتراكها فـي عمـق المشـروع، مـن حيـث مرجعياتـه وغاياتـه، مـن أجـل تحقيـق مـآرب سياسـية اجتماعيـة تتصـل بالوصـول إلـى السـلطة وإحـكام الرقابـة والسـيطرة علـى المجتمـع، لإعـادة تشـكيله وفـق قواعـد المشـروع الاجتماعـي الـذي يدعـون إليـه. فمـن الضـروري التمييـز بيـن الإسـلاموية والإسـلام باعتبـاره ديـناً راسـخاً فـي ضميـر المسـلمين علـى امتـداد أجيالهـم. ويتقاطـع مصطلـح الإسـلاموية مـع مصطلحـات أخـرى رائجـة علـى غـرار الإسـلام السياسـي والجماعـات الدينيـة السياسـية.

بتجسيد مقتضياتهما بعد مرور أكثر من خمس سنوات، ولاسيما أن الحركة على أبواب مؤتمر جديد[2].

مدخل منهجي

نسلك لمعالجة هذه الإشكالية منهجاً تحليلياً نقدياً يقوم على أربعة عناصر؛ يتناول الأول نبذة تاريخية عن نشأة حركة النهضة وملامح رؤيتها وروابطها الأيديولوجية، ونتقصى في الثاني السياق الذي انتظمت فيه تلك المراجعة بأبعاده الوطنية والإقليمية والدولية، ونبحث في الثالث دلالة المراجعة المعلنة في ذاك المؤتمر والمعاني التي عملت النهضة على ترويجها والرهانات التي تكتنفها، ونختبر في الرابع حدود تلك المراجعة من حيث الاستجابة إلى مقتضياتها المعرفية النظرية وشروطها الأخلاقية. وخلال العنصرين الثالث والرابع نلقي الضوء أيضاً على مفارقات الخطاب «النهضوي» والثغرات التي تصيبه استناداً إلى الالتباس القائم بين المصرح به والمسكوت عنه.

أولاً: نبذة تاريخية

خرجت حركة النهضة في تونس من عباءة جماعة الإخوان المسلمين، وقد أطلقت على نفسها في بداية ظهورها العلني سنة 1981 اسم «الاتجاه الإسلامي»[3]، ويكشف الاسم مرجعيتها الإسلاموية وتوجهها الأيديولوجي؛ فقد أكد البيان التأسيسي الصادر في 6 يونيو عام 1981 أن الحركة تعتمد تصوراً شمولياً للإسلام[4]، وتعمل على تجسيم صورة نظام الحكم الإسلامي المعاصرة[5]، وبينت أن تصورها له «ليس تصوراً ديمقراطياً ولكنه تصور شوري»، وينهل من رؤيتها التي تعتبر أن «الإسلام يمثل الأرضية الأيديولوجية

---

2. كان من المفروض عقد المؤتمر الحادي عشر في سنة 2020، ولكنه تأجل ولم تعلن الحركة عن موعد محدد لانعقاده، وفي أثناء ذلك شقت الخلافات صفوفها لأسباب من أهمها الصراع حول رئاسة الحركة، وقد أدى الأمر إلى استقالات لعناصر قيادية بارزة منها عبد الحميد الجلاصي.

3. يقر راشد الغنوشي بأن المكون الأهم في بنية الحركة الإسلامية التونسية لم يكن التراث الإسلامي المحلي، حيث اقتبست من فكر الإخوان المسلمين والجماعة الإسلامية في باكستان ومالك بن نبي. راجع: راشد الغنوشي، من تجربة الحركة الإسلامية في تونس (لندن: المركز المغاربي للبحوث والترجمة، 2001)، ص 105.

4. تعني الشمولية في تصورها أن الإسلام لا ينحصر في مجال العقائد والشعائر، بل يتعداه ليشمل الحيز الاجتماعي والسياسي والاقتصادي، راجع: الرؤية الفكرية والمنهج الأصولي لحركة النهضة التونسية، سلسلة قطوف النهضة، يونيو 2012، ص 6. نسخة في الرابط: https://bit.ly/3cQgRIE

5. راشد الغنوشي، من تجربة الحركة الإسلامية، مصدر سابق، ص ص 285-290.

والعقائدية»[6]. وتشترك الحركة مع سائر الحركات الإسلاموية في جملة من الخصائص التي من أهمها أن «الإسلام الحق كما شرعه الله لا يمكن إلا أن يكون سياسياً»[7]، وأن وثاقة الصلة بين الدين والسياسة والدين والدولة تمثل «الركن الركين في أيديولوجية الحركة الإسلامية المعاصرة»[8]، فضلاً عن مطلب تطبيق الشريعة باعتبارها «القانون الإسلامي للدولة والمجتمع»[9].

ولئن تمسكت بعض حركات الإسلام السياسي بتكفير الديمقراطية على غرار حزب التحرير الإسلامي، وبالعنف منهجاً للتغيير مثل الحركات السلفية الجهادية، فقد تطورت مواقف الحركات الإخوانية أو القريبة منها منذ ثمانينات القرن العشرين في اتجاه تبني خيار المشاركة السياسية على قاعدة الديمقراطية في وجهها الإجرائي المتمثل في الانتخابات[10]. وشمل التطور إسلاميي تونس، فغير «الاتجاه الإسلامي» اسمه إلى حركة النهضة في سنة 1989 استجابة لقانون الأحزاب الذي يحظر تكوين أحزاب على أساس ديني[11]، وشاركوا بقوائم مستقلة في الانتخابات التشريعية في إبريل 1989[12]، ولكن علاقتهم بالنظام القائم آنذاك اتخذت منحى تصادمياً، فلم تحصل الحركة على الترخيص القانوني. وظلت محظورة إلى أن اندلعت انتفاضات الربيع العربي، وقد اندفع

---

6. المصدر السابق، ص 295.

7. راشد الغنوشي، الديمقراطية وحقوق الإنسان في الإسلام (قطر/لبنان : مركز الجزيرة للدراسات/الدار العربية للعلوم ناشرون، ط1، 2012) ، ص 36.

8. المصدر السابق، ص 39.

9. المصدر السابق، ص 42.

10. شرعت جماعة الإخوان المسلمين في مصر منذ عقد الثمانينيات في الانخراط بالعمل السياسي بشكل شبه معلن، وقامت قياداتها المتتابعة بتشكيل تحالفات مع حزب الوفد في عام 1984، كما تحالفت أيضاً مع حزب العمل والأحزاب الليبرالية عام 1987، ليصبحوا من أكبر القوى المعارضة. وفي عام 2000، حصلت الجماعة على 17 مقعداً في مجلس الشعب المصري، وفي عام 2005 فاز مرشحوها بنحو 20% من المقاعد. وأما حزب العدالة والتنمية المغربي فقد شارك في الانتخابات التشريعية في أعوام 1997 و2002 و2007، و2011 و2016. وتطور التيار الإخواني الكويتي من العمل الدعوي والاجتماعي إلى العمل السياسي فتأسست في سنة 1991 الحركة الدستورية الإسلامية (حدس) التي أصبحت قوة سياسية مؤثرة، وقد شاركت في كل الانتخابات منذ عام 1992 وحصلت في انتخابات عام 2016 على عدد من المقاعد مكنها من أن تلعب دوراً قوياً في المعارضة آنذاك.

11. ورد في الفصل الثالث من القانون الأساسي عدد 32 المؤرخ في 3 مايو 1988 المتعلق بتنظيم الأحزاب السياسية في تونس أنه «لا يجوز لأي حزب سياسي أن يستند أساساً في مستوى مبادئه أو أهدافه أو نشاطه أو برامجه على دين أو لغة أو عنصر أو جنس أو جهة».

12. راجع رواية الغنوشي لملابسات هذه الانتخابات في: راشد الغنوشي، من تجربة الحركة الإسلامية، مصدر سابق، ص ص 121–161.

أعضاؤهـا بعـد سـقوط نظـام الرئيـس زيـن العابديـن بـن علـي (7 نوفمبـر 1987 – 14 ينايـر 2011) لتصـدر المشـهد السياسـي علـى غـرار سـائر الحـركات الإسـلاموية ـفي الـدول التـي شـهدت تلـك الانتفاضات، فحصلـت الحـركة علـى الترخيـص القانونـي ـفي 1 مـارس 2011. وقـد كانـت حركـة النهضـة علـى امتـداد تاريخهـا تعـرّف نفسـها بأنهـا حركـة إسـلامية، ويتمثلهـا أنصارهـا وخصومهـا علـى هـذا الأسـاس، ولئـن أقدمـت ـفي مراحـل سـابقة علـى إجـراء مراجعـات ولاسـيما ـفي مسـتوى القبـول بالديمقراطيـة ـفي شـكلها الانتخابـي وسـيلة للوصـول إلـى الحكـم، فإنهـا لـم تعلـن البتـة أنهـا تنكـرت لهويتهـا أو أثـارت التشـويش علـى صورتهـا عنـد الأنصـار أو الخصـوم.

ثانياً: في سياق المراجعات

لا يمكـن ـفي تقديرنـا فهـم مـا أقدمـت عليـه حركـة النهضـة مـن مراجعـات وتقييمهـا إلا بالعـودة إلـى السـياق الـذي جـرت فيـه؛ ذلـك لأن الكشـف عـن ملابسـات السـياق يضـيء لنـا الدوافـع والعوامـل التـي تحكمـت ـفي تلـك المراجعـات ووجهتهـا، ويجيـب عـن سـؤال مركـزي ـفي هـذا المضمـار مفـاده إن كانـت تعبـر عـن اختيـار ذاتـي لإعـادة النظـر ـفي الأسـس والأصـول التـي نشـأت عليهـا حركـة النهضـة ووجهـت أفكارهـا وممارسـاتها طيلـة عقـود، أم أملتهـا إكراهـات الواقـع وضغـط التحـولات التـي تعتمـل فيـه منـذ مـا يعـرف «بالربيـع العربـي».

ولعـل عـدم الاسـتقرار هـو أهـم ملمـح يميـز هـذه المرحلـة، فهـي تمـور بالتحـولات والاضطرابـات التـي يعسـر الإلمـام بهـا وتوقـع مآلاتهـا، غيـر أنـه يمكـن تبيـن فترتيـن؛ فتـرة صعـود للتيـار الإسـلامي، وفتـرة انكفـاء وانحسـار، ويفصـل بينهمـا حـدث حاسـم، وهـو سـقوط حكـم جماعـة الإخـوان المسـلمين ـفي مصـر ـفي صيـف 2013.

فترة الصعود

بـدت الأوضـاع الداخليـة والإقليميـة والدوليـة خـلال هـذه الفتـرة مهيـأة للقبـول بالحـركات الإسـلاموية قـوة سياسـية مؤهلـة للحكـم. فقـد اسـتفادت تلـك الحـركات ـفي الـدول التـي شـهدت انهيـار الأنظمـة الحاكمـة مـن مجموعـة مـن العوامـل التـي شـكلت ظرفيـة ملائمـة للظهـور بمظهـر القـوة السياسـية القـادرة علـى اسـتلام السـلطة. وكانـت حركـة النهضـة مـن

بـين تلـك الحـركات، ويمكـن أن نوجـز العوامـل المتضافـرة التـي سـاهمت ﰲ صعودهـا ﰲ ثلاثـة وهـي:

- الحاجـة الموضوعيـة إلـى قـوة سياسـية تمـلأ الفـراغ الـذي تركـه انهيـار نظـام الرئيـس ابـن علـي، وﰲ ضـوء تشـتت الحـركات السياسـية الليبراليـة واليسـارية، وقلـة خبـرة القـوى الشـبابية التـي قـادت الانتفاضـة، قدمـت حركـة النهضـة نفسـها ﰲ صـورة القـوة المنظمـة والمهيكـلة التـي اسـتطاعت ﰲ ظـرف زمنـي قصيـر إعـادة الانتشـار، وطغـى حضورهـا ﰲ المشـهد السياسـي والإعلامـي؛ مـا جعـل فئـات مـن المجتمـع تصـدق الصـورة التـي شـكلتها الحركـة عـن نفسـها.

- اسـتثمار حركـة النهضـة ﰲ صـورة الضحيـة التـي تعانـي وتتكبـد الأهـوال[13]، «دفاعـاً عـن الديـن والهويـة المضطهـدة» التـي يتربـص بهـا أعـداء الداخـل والخـارج، واعتمادهـا خطـاب المظلوميـة ممزوجـاً بنزعـة إلـى إثـارة مشـاعر الانتمـاء الدينـي وتجييشـها واسـتغلال «حالـة التديـن الفطـري لـدى الشـعوب العربيـة والإسـلامية وميلهـا إلـى الديـن ﰲ أوقـات الأزمـات، ومـن ثـم اللجـوء إلـى مـن يتحـدث باسـمه ﰲ فتـرات الاضطـراب التاريخـي، حيـث تنشـط دينامـيات إحيـاء الجـذور الدينيـة للحصـول علـى دواء للإشـكاليات الحياتيـة التـي لا تسـتطيع الدولـة القيـام بـأي شـيء تجاههـا»[14].

- دعـم القـوى الدوليـة الفاعلـة، وﰲ مقدمتهـا الولايـات المتحـدة الأمريكيـة، صعـود الإسـلاميين وخاصـة الحـركات ذات التوجـه الإخوانـي مـن منطلـق اعتبارهـا حـركات معتدلـة مـن ناحيـة، ولهـا تمثيليـة واسـعة ﰲ مجتمعاتهـا مـن ناحيـة أخـرى[15]

---

13. كشف راشد الغنوشي أن الاضطهاد أو المحنة التي شهدتها حركته جزء من استراتيجيتها ومرحلة لابد منها ﰲ طريق «النصر»، متحدثاً عن المكاسب التي حققتها الحركة من جرائه، راجع: راشد الغنوشي، من تجربة الحركة الإسلامية ﰲ تونس، مصدر سابق، ص ص 215- 216.

14. جمال سند، السراب (أبوظبي، 2015) ، ص 15.

15. وصفت هيلاري كلينتون وزيرة الخارجية الأمريكية السابقة (2009-2013) جماعة الإخوان المصرية وحركة النهضة التونسية بكونهما «حركتين إسلاميتين معتدلتين»، وهـو يكشف عن المنحى الـذي اتخذه تطـور العلاقة بـين الإدارة الأمريكيـة ﰲ عهد الرئيس باراك أوباما (2008-2016) وتلك الحركات. راجع:

Clinton, H. (2014). Hard Choices. Simon & Schuster. p.316 & p.335.

وقد بدأ التقارب بين هذه الحركات والإدارة الأمريكية بعد أحداث 11 سبتمبر 2001[16]، وبتوصية من عدد من الباحثين والخبراء؛ من أمثال شادي حميد (Shadi Hamid) وروبرت لايكن (Robert S. Leiken) وستيفن بروك (Steven Brook) ومارك لينش (Marc Lync) وجيمس تروب (James Traub) وكين سيلفرستين (-Ken Silver stein)، وقد استندوا إلى ثلاث حجج؛ الأولى هي البراغماتية، إذ إنه بالنظر إلى ما اعتبروه قوة الإسلاميين فيجب أن يُحسب لهم حساب عند صياغة مبادرات سياسية تهم العالم الإسلامي، والثانية هي تحول الإسلاميين الأيديولوجي في مستوى قبولهم مبادئ الديمقراطية الانتخابية الأساسية، والحجة الثالثة هي مصالح الأمن القومي الأمريكي في ظل رفض الإسلاميين للعنف منهجاً للتغيير، وهو ما يساعد على عزل الحركات العنيفة على غرار تنظيم القاعدة[17].

وقد بدا جلياً تأثير هذه المقاربة في سياسة الولايات المتحدة الأمريكية إزاء الإسلاميين في عهد الرئيس باراك أوباما[18]. ولا يفوتنا في هذا المضمار الإشارة إلى تواتر الزيارات المتبادلة بين مسؤولين أمريكيين ومسؤولين من حركة النهضة في تلك الفترة، لعل أبرزها زيارة راشد الغنوشي في ديسمبر عام 2011 إلى معهد واشنطن لسياسة الشرق الأدنى، وهو معهد تابع للجنة العلاقات الأمريكية الإسرائيلية المعروفة بـ «أيباك» (Aipac).

لقد بدا الأمر إلى حدود منتصف سنة 2013 وكأنه ربيع إسلاموي، فلم تكن «النهضة» تثير أي شك حول انتسابها إلى تيار الإسلام السياسي. وكثيراً ما التحم أنصارها مع المجموعات الإسلاموية المتشددة على غرار حزب التحرير-الذي تحصل فرعه في تونس على الترخيص القانوني في عهد حكومة «الترويكا» في 17 يوليو 2012- والمجموعات

---

16. بدأت العلاقة منذ 2003 تتطور بين جماعة الإخوان المسلمين والولايات المتحدة الأمريكية من خلال المراسلات والحوارات، وقد كان هدفها مساعدة الإخوان على الوصول إلى الحكم مقابل اتفاقات معينة منها الحفاظ على المعاهدات والاتفاقيات والقبول بوجود إسرائيل. راجع التفاصيل في: ثروت الخرباوي، سر المعبد: الأسرار الخفية لجماعة الإخوان المسلمين (مصر: دار نهضة مصر للنشر، 2012)، ص ص 131-140.

17. Brooke, S. (2013). U.S. Policy and the Muslim Brotherhood. https://bit.ly/JoEpVJ

18. Ibid. pp. 25-26.

السلفية المتعددة، ولاسيما في أوقات التوتر مع الخصوم من التيارات السياسية المخالفة، وكان الالتحام على أرضية الانتساب إلى الإسلام السياسي بأطروحاته الأساسية التي تقوم على اعتبار الإسلام هوية دينية وسياسية – اجتماعية[19]، وتجمعهم عناوين شتى من أهمها «الإسلام في خطر» و«الوحدة الإسلامية في مواجهة القوى العلمانية» و«الحل الإسلامي» إلخ..

وفي كل الأحوال، ففي ظل هذه الظرفية التاريخية، لم تكن «النهضة» تنكر روابطها بالإسلام السياسي، وقد ظل راشد الغنوشي إلى حدود أكتوبر 2013 منافحاً عنه، ومعتبراً أن ما حصل في مصر من انهيار حكم «الإخوان» في 3 يوليو 2013 ليس انتكاسة للإسلام السياسي، و«أنه «ليس في حالة تراجع، وإنما هو بصدد إصلاح أخطائه، والتهيؤ لطور جديد غير بعيد من الممارسة الأرشد للحكم»[20].

فترة الانكفاء والانحسار

لم يستمر صعود التيار الإسلاموي طويلاً؛ فبعد أقل من سنتين تحول الأمر إلى تراجع، وقد بدأت الإرهاصات في مصر بكل ما تحمله من ثقل سياسي ورمزي، إذ شكل حدث سقوط حكم الإخوان المسلمين في 3 يوليو 2013 أهم العوامل التي أثرت في وضع الحركات الإسلاموية عموماً وحركة النهضة خصوصاً، فقد فقدت حليفاً إقليمياً تستمد منه الدعم والقوة. وكان من تداعيات الحدث المصري تصنيف بعض الدول العربية جماعة «الإخوان» المصرية ضمن قائمة الحركات الإرهابية[21].

وقد تزامن الحدث المصري العاصف مع تفاقم الأزمة الداخلية في تونس في كافة الصعُد.

---

19. راجع في ذلك قول الغنوشي «تحاول القوى العلمانية جاهدة تجريد الإسلام جملة – ومن ذلك ركن الصيام – من أبعاده السياسية، مع علمها اليقيني بأن ذلك مناقض لطبيعته، باعتباره نظاماً للفرد والمجتمع، للدنيا والآخرة، للجسد والروح». راشد الغنوشي، «رمضان والثورة يغذيها»، موقع الجزيرة. نت، 3 أغسطس 2011، على الرابط:
https://bit.ly/3dvN3uU

20. راشد الغنوشي، «مدى مصداق دعوى فشل الإسلام السياسي»، موقع الجزيرة نت، 24 أكتوبر 2013، على الرابط:
https://bit.ly/32uWJ2A

21. صُنفت في مصر جماعة الإخوان المسلمين جماعة إرهابية بمقتضى قرار مجلس الوزراء في 25 ديسمبر 2013، وأصدرت السعودية في 7 مارس 2014 لائحة ضمت الإخوان المسلمين باعتبارها حركة إرهابية، وتبعتها في ذلك دولة الإمارات العربية المتحدة في نوفمبر 2014.

فقـد واجهـت حكومـة «الترويكـا» برئاسـة حركـة النهضـة صعوبـات جمـة في إدارة شـؤون البـلاد، وتصاعـدت حـدة الاسـتقطاب بيـن المجموعـات المحسـوبة على الإسـلام السياسـي والمجموعـات المحسـوبة على التيار الحداثي والعلماني، وقد بلـغ مداه في صيـف سـنة 2013 فيمـا عـرف آنـذاك باعتصـام الرحيـل، ومطالبـة عـدد مـن القـوى السياسية والشـعبية بحـل المجلـس الوطنـي التأسيسـي وإسـقاط حكومـة الترويكا . وازداد العنـف حـدة وبلـغ ذروتـه باغتيـال المعارضيـن السياسـيين شـكري بلعيـد في 6 فبرايـر 2013 ومحمـد البراهيمـي في 25 يوليـو 2013، واسـتهداف القـوى الأمنيـة والعسـكرية، وقـد صـدرت هـذه العمليـات الإرهابيـة عـن مجموعـات تنتمـي إلى السـلفية الجهاديـة، على غـرار تنظيـم أنصـار الشـريعة، وكتيبـة عقبـة بـن نافـع، ... إلـخ. وقـد وصـف أحـد الدارسـين الدولـة التونسـية في تلـك الفتـرة (22 ديسـمبر 2011 – 29 ينايـر 2014) بـ «دولـة الهـواة»[22].

وبـدأت مؤشـرات التغيـر في الموقـف الدولـي تتضـح، ولاسـيما بعـد الحـدث المصـري وتنامـي خطـر الجماعـات المتطرفـة؛ فقـد كشـفت هـذه الأحـداث أن الحـركات الإسـلاموية التـي كانـت تُعَـدُّ معتدلـة ليـس لهـا تمثيـل واسـع في مجتمعاتهـا وغيـر قـادرة على ضمـان اسـتقرارها، بالإضافـة إلى أنهـا تحتـوي الجماعـات المتطرفـة. ولعـل وصـول دونالـد ترمـب إلى رئاسـة الولايـات المتحـدة الأمريكيـة في ينايـر عـام 2017، كان أبـرز هـذه المؤشـرات؛ فقـد كان لـه موقـف واضـح أثنـاء حملتـه الانتخابيـة إزاء «الإسـلام الأصولـي» الـذي يعتبـره عـدو بـلاده الأول[23]، وقـد كاد في مـارس 2017 بضغـط مـن عـدد مـن عناصـر إدارتـه يوقـع على مرسـوم تنفيـذي يعتبـر الإخوان المسـلمين تنظيمـاً إرهابيـاً، ولكنـه تراجـع تحـت تأثيـر وزارة الخارجيـة الأمريكيـة[24].

وقـد اسـتشعرت «النهضـة» مـا قـد تشـكله هـذه التوجهـات مـن مخاطـر عليهـا، وتجلـى ذلـك في صياغـة بيـان تهنـئ الرئيـس ترمـب فيـه، ورد فيـه: «لـم يمثل الخـارج ومـا يتعلـق

<hr>

22. فتحـي ليسـير، دولـة الهـواة: سـنتان مـن حكـم الترويـكا في تونـس (تونـس: دار محمـد علـي للنشـر، 2016). انظـر بالخصـوص البـاب الثانـي، ص ص 250–390.

23. De Bellaigue, C. (2017). The long-read Trump's dangerous delusions about Islam. https://bit.ly/JoEqcf

24. Taylor, G. (2017). How to deal with Muslim Brotherhood triggers Trump White House infighting: Legitimate political activity complicates designation. https://bit.ly/Mtqdwa

به من سياسات كبرى ومواقف وتحالفات محوراً بارزاً ومجالاً كبيراً للتناظر والخلاف بين المرشحين، باعتبار أن ضبط هذه المسائل الاستراتيجية تتولاه بالأساس المؤسسات بناءً على المصالح القومية الأمريكية العليا في العالم. وتؤكد حركة النهضة أن بين تونس والولايات المتحدة الأمريكية مصالح مشتركة تجب رعايتها»[25]. وتظهر في هذا البيان النزعة إلى التقليل من أهمية مواقف ترمب أثناء الحملة الانتخابية من الإسلام السياسي، وإلى لفت انتباهه إلى أن «النهضة» لا تمثل تهديداً للمصالح الأمريكية في تونس، بل قد تكون شريكاً مفيداً.

شكلت هذه الأحداث والعوامل سياقاً مثقلاً بالضغوطات ومحفوفاً بالإكراهات، تتراوح بين تعرض حركة النهضة للعزلة السياسية، وبين حشرها ضمن دائرة الحركات الإسلامية الموصوفة بالتطرف والعنف والإرهاب، وصولاً إلى تهديد وجودها والعودة بها إلى ما تسميه مربع الإقصاء والاستئصال. وقد أدركت الحركة أنها مدعوة إلى التفاعل مع هذه الأحداث والعوامل والاستجابة لما تمثله من تهديدات ومخاطر. ولكنها كانت واعية في الآن نفسه بالحاجة إلى وضع خطة قوامها إظهار استجابتها لتلك العوامل باعتبارها نابعة من تفاعلها الذاتي المتحرر من كل إكراه مع ما يعتمل في الواقع التونسي من تحولات في اتجاه إرساء نظام ديمقراطي. وسعت من ثم إلى أن تقوم بالمراجعات وأن تظهر هذه المراجعات معبرة عن منحى تطوري منسجم مع الاتجاه العام المميز لها عن مثيلاتها من الحركات الإسلاموية.

ولكن يجدر بنا أن ننبه إلى أن هذه الخطة التسويقية تتنزل في إطارين اثنين؛ الأول سياسي تكتنفه أجواء المناكفة والسجال والصراع مع الخصوم، وتهتم «النهضة» بأن تحافظ على موازين القوة إزاءهم وألا تخرج في مظهر الضعيف المجبر تحت الإكراه على إجراء تغييرات. والثاني دعائي محكوم بمنطق تشكيل الصورة والترويج لها بإضفاء المصداقية عليها أو الإيهام بها، فالمهم أن يصدق المتلقي بأن الحركة قد تغيرت، فلا يهم المطابقة مع الواقع بقدر ما يهم الوظيفة التأثيرية وما يرتسم في ذهن المتلقي من تمثلات مرتبطة برمزية الحركة القوية من ناحية، والحركة الحية التي تجري عليها سنة

---

25. «بيان: حركة النهضة تهنّئ الرئيس دونالد ترامب»، 9 نوفمبر 2016، موقع حركة النهضة، على الرابط:
https://bit.ly/3cT9eLh

التطــور مــن ناحيــة أخــرى.

ثالثاً: في دلالة المراجعات

ينصب اهتمامنــا ﮦ هــذا العنصــر علــى تفكيــك الـدلالات والمعانـي التـي سعـى الخطـاب النهضـوي إلـى التركيـز عليهـا ﮦ إطار هـذه المراجعـات، ولعل التقليـص مـن مظاهـر الهويـة الإسلامويـة ونفـي أي ارتبـاط بتيـار الإسـلام السياسـي وبجماعة الإخـوان المسلميـن كان البـؤرة التـي انصهـرت فيهـا مجمل تلك المعانـي والـدلالات. ولأن الخطـاب القائـم علـى النفي يضـع صاحبـه ﮦ موضـع الاتهـام، فقد قامـت استراتيجيتـه علـى اتخـاذ عنوانيـن كبيريـن لهمـا وقْع وقبـول لـدى الجمهـور؛ وهمـا: العلاقـة بيـن الدعـوي والسياسـي، والإسـلام الديمقراطـي أو المسلمون الديمقراطيـون.

في العلاقة بين الدعوي والسياسي

يتأرجـح الخطـاب النهضـوي مـن مسـألة العلاقـة بيـن الدعـوي والسياسـي بيـن معنييـن بحسـب المخاطَـب المستهدف: معنـى التمايـز والتخصـص والاستقـلال مـن جهـة، ومعنـى الفصـل مـن جهـة أخـرى؛ ففـي حـوار لصحيفـة «الشـروق» التونسيـة بتاريـخ 20 مايـو 2016 يقـول الغنوشـي رافضـاً مقولـة الفصـل مـن منطلـق أنـه، «فلسفيـاً، ليـس هنـاك فصـل بيـن الديـن والدنيا، ولكـن كـون الإسـلام رسالـة شاملـة لا يعنـي أن الأدوات التـي تخدمـه ينبغـي أن تكـون أيضـاً شاملـة، فشموليـة الفكـرة لا تعنـي شموليـة التنظيـم». ويوضـح معنـى التخصـص قائـلاً «ﮦ الماضـي السياسـة كانـت تتخفـى تحـت عناويـن مجتمعيـة كالمسـاجد والرياضـة والنقابـة، اليـوم يُمكـن أن تُعلـن الأحـزاب عـن نفسها وأن تشـتغل بحريـة، وهـذا ما سميناه بمبـدأ التمايـز أو التخصـص أو استقـلال مهمـات المشـروع الإسلامـي بعضهـا عـن بعـض استقـلالاً تنظيميـاً حقيقيـاً واستقـلالاً ماديـاً وﮦ الاستراتيجيات، فـلا مجـال بعد ذلك أن يهتم مجـال بمجـال آخـر». ويؤكـد أن التخصـص يحـرر الحـزب ذا المرجعيـة الإسلاميـة مـن توظيـف الديـن ﮦ السياسـة، ويحـرر الديـن مـن وصايـة السياسـة، ويجعل المسـاجد فضـاءات للتجميـع والوحـدة لا منابـر للخصومـات بيـن الأحـزاب والدعايـة الحزبيـة.

يكشـف هـذا القـول أن الأمـر لا يعنـي تخلـي النهضـة عـن «المشـروع الإسلامـي» ومراجعـة أطروحاتـه، وإنمـا هـو التكيـف مـع الواقـع الجديـد بمعطياتـه السياسيـة والدستوريـة

والقانونية، الـذي لـم تعـد فيـه حاجـة إلـى أن تجمـع الحركـة ﭯ صلبهـا الجانـب الدعـوي بأبعـاده التربويـة والثقافيـة والجانـب السياسـي (المشـاركة ﭯ الانتخابـات، إعـداد البرامـج للتنافـس علـى الحكـم، عقـد التحالفـات..). فيتمايـز الجانبـان تنظيميـاً وينكـب كل منهمـا علـى مجالـه، ويلتقيـان ﭯ «المشـروع الإسـلامي ذاتـه».

وﭯ مقالـة نشـرها الغنوشـي ﭯ مجلـة «فوريـن أفيـرز» الأمريكيـة يتحـدث فيهـا عـن الفصـل بـين المجالـين السياسـي والدينـي باعتبـاره هدفـاً[26]. فيقـول «نعتقـد أنـه لا يمكـن لحـزب سياسـي– بـل لا ينبغـي– أن يدعـي أنـه يمثـل الديـن. وأنـه ينبغـي أن يسيّـر المجـال الدينـي هيئـات مسـتقلة ومحايـدة (...) ويجـب علـى الأئمـة ألا يتخـذوا موقفـاً سياسـياً مناصـراً لأي حـزب»[27].

مـا يسـتوقفنا ﭯ هـذا القـول أن المعانـي التـي يـدور عليهـا كلام الغنوشـي واحـدة، غيـر أنـه يضعهـا تحـت عنـوان التمايـز والتخصـص مـرة، وتحـت عنـوان الفصـل مـرة أخـرى. فهـل للأمـر علاقـة باختـلاف المخاطَبـين ومقامـي التخاطـب؟ ففـي صحيفـة تونسـية موجهـة للجمهـور التونسـي، ولاسـيما أنصـاره، يتفـادى الغنوشـي مخاطبتهـم بمـا يشـير إلـى الفصـل، ويوحـي لهـم بـأن الحـزب وﭬّ لمبادئـه الأصليـة. لكن ﭯ مجلـة أمريكيـة موجهـة لدوائـر صنـع القـرار نـراه يخاطبهـم بمصطلـح الفصـل بـين المسـجد والدولـة بمـا يحيـل علـى مصطلـح الفصـل بـين الكنيسـة والدولـة، وهـو جوهـر العلمانيـة ﭯ الثقافـة الغربيـة. فهـل هـذا يرجـع إلـى عـدم التفرقـة بـين المصطلحـين مـادام المعنـى واحـداً، فـلا مشـاحة ﭯ الاصطـلاح؟ أم هـل سـبب ذلـك هـو عـدم وضـوح الرؤيـة لسـببين: أحدهمـا أن التجربـة مـا تـزال ﭯ بدايتهـا، والثانـي تنـوع طـرق معالجـة العلاقـة بـين الدعـوي والسياسـي ﭯ تجـارب الحـركات الإسـلامية؟

وقـد رصـد أحـد الدارسـين أربعـة نمـاذج كبـرى ﭯ هـذه التجـارب وهـي: نمـوذج الوصـل التـام أو التماهـي، حيـث تتحـول الحركـة أو الجماعـة بأكملهـا إلـى حـزب سياسـي علـى غـرار الحركـة الإسـلامية ﭯ السـودان وحـزب المؤتمـر الوطنـي الحاكـم، و«حركـة مجتمـع السـلم –حمـس» ﭯ الجزائـر. ونمـوذج الفصـل التـام والتحالـف وتتجلـى ﭯ التجربـة التركيـة،

---

26. ورد هذا الكلام تحت عنوان «الفصل بين المسجد والدولة» « The Separation of Mosque and State»
راجع:
Ghannouch, R. (2016). From Political Islam to Muslim Democracy: The Ennahda Party and the Future of Tunisia. Foreign Affairs. https://fam.ag/MtqeQK

27. المصدر السابق.

حيث يعلن حزب العدالة والتنمية أنه حزب سياسي يعمل في نطاق القوانين العلمانية التركية. وتقوم الجماعات النورسية بالعمل التربوي والدعوي. ونموذج الإشراف التام والوصاية حيث تقوم الحركة الدعوية بوصاية تامة على الحزب السياسي على غرار تجربة جماعة الإخوان المسلمين في الأردن مع حزب جبهة العمل الإسلامي، وتجربة جماعة الإخوان المسلمين في مصر مع حزب الحرية والعدالة. ونموذج التمايز والشراكة وهي الصيغة التي اعتمدتها حركة التوحيد والإصلاح في علاقتها بحزب العدالة والتنمية في المغرب، حيث تتحدد العلاقة بكونها علاقة شراكة استراتيجية بين هيئتين مستقلتين، في إطار وحدة المشروع بدل وحدة التنظيم[28].

في الإسلام الديمقراطي

أكد الغنوشي أن «حركة النهضة قد تجاوزت أصولها باعتبارها حزباً إسلامياً، واعتنقت هوية جديدة تماماً باعتبارها حزب المسلمين الديمقراطيين»[29]. ولئن يبدو ذلك –على حد علمنا– اصطلاحاً غير مسبوق في تاريخ الحركات الإسلاموية، فإن معانيه القائمة على الجمع بين الإسلام والديمقراطية غير جديدة تماماً، فالمتابع لمسيرة حركة النهضة يدرك أن التحول في خطابها لم يكن بلا مقدمات، فقد بدأ الغنوشي في إنجاز مهمة التنظير للديمقراطية الإسلامية أو الإسلام الديمقراطي على نحو ما انتهى إليه في الفترة الأخيرة منذ ما يزيد على العقدين، وقد كان هاجسه آنذاك «ثورة إسلامية تقتلع الطواغيت والتبعية من أرض الله»[30]. ويشغله التأسيس لما يعتبره النظام الإسلامي الديمقراطي، وهو حصيلة موقفه النقدي من النظام الديمقراطي في الغرب الذي يرى أن أدواته من انتخاب وبرلمان وتعدد أحزاب وحرية صحافة من أفضل ما تمخض عنه الفكر البشري، وهو «يبقى إطاراً صالحاً لضمان حرية الشعوب في تقرير مصيرها واختيار نوع النظام الذي تريد أن تعيش في ظله»، ولكنه في حاجة إلى الأبعاد الروحية والخُلُقية التي لن نجدها في التاريخ والواقع حسب قوله «إلا في الإسلام». و«لأن الحكمة ضالة المؤمن، وأنه حيث المصلحة والعدل فثم شرع الله»، خلُص الغنوشي إلى القول إن

---

28. محمد الحمروني، «فصل الحزبي عن الدعوي في المغرب»، موقع الإسلاميون، 27 مايو 2016، على الرابط: https://bit.ly/3ms9Sm3

29. Ghannouch, R. (2016). From Political Islam to Muslim Democracy: The Ennahda Party and the Future of Tunisia. Foreign Affairs. https://fam.ag/MtqeQK

30. راشد الغنوشي، الحريات العامة في الدولة الإسلامية (بيروت: مركز دراسات الوحدة العربية، ط1، 1993)، ص 27.

«الديمقراطيـة آليـة ممتـازة لتجسيد الشـورى ـﰲ إطار قيـم الإسـلام»[31].

وقـد اسـتمر الغنوشـي علـى هـذا الـرأي ـﰲ كتاباتـه اللاحقـة، إذ يؤكـد أن الديمقراطيـة «تقـدم للشـورى الإسـلامية أفضل الأدوات للتعبيـر عـن سـلطة الأمـة ونقل الشـورى مـن مسـتوى المبـدأ والقيمـة الخُلُقيـة والموعظـة الدينيـة والمقصـد الشـرعي إلـى جهـاز حُكـم يضـع حـداً لحكـم الانفـراد والاسـتبداد»[32]. وقـد قـدم تعريفـات للديمقراطيـة لا تخـرج عـن اعتبارهـا «آليـة» أو «ترتيبـات»، ولكـن موقفـه شـهد نوعـاً مـن التعديـل إذ تسـربت إليـه عبـارات مـن قبيـل المسـاواة والمواطنة؛ مـن ذلـك قولـه «فالديمقراطيـة إذن هـي جملـة مـن التسـويات والترتيبـات الحسـنة التـي تتوافق عليها النخب المختلفـة مـن أجل إدارة الشـأن العـام بشـكل توافقـي، بعيـداً عـن القهـر وعلـى أسـاس المسـاواة ـﰲ المواطنـة حقوقـاً وواجبـات»[33]. وبنـاء عليـه يقـر بأنـه «ليـس ـﰲ الإسـلام عند التأمـل ـﰲ تعاليمـه ومقاصـده وتجربـة تطبيقـه النموذجيـة ـﰲ عصـر النبـوة والراشـدين مـا يمنع الترتيبـات التـي جـاء بهـا النظـام الديمقراطـي علاجـاً لآفـة الديكتاتوريـة»[34]. ويوجـه نقـده إلـى كلٍّ مـن الحـركات الإسـلاموية التـي ترفـض الديمقراطيـة وتكفرهـا معتبـراً طرحهـا غشـيماً يحمـل نـذر الإرهـاب والقمـع باسـم الإسـلام»[35]. وإلـى مـن يصفهـم بالعلمانيـين المتطرفـين الذيـن يؤدلجون النظـام الديمقراطـي بإقامـة ربـاط لا ينفـك بينـه وبـين ضـروب شـتى مـن العلمنـة وإقصـاء الديـن مـن المجـال العـام وحتـى الخـاص»[36]. ويخلـص، وفـق هـذا التمشـي، إلـى نفـي التناقـض بـين الديمقراطيـة والإسـلام، إذ يقـول «والخلاصـة أنه إذا تجنبنـا النظـر السـطحي الفقيـر الـذي يقيـم تناقضـاً بـين الديمقراطيـة والإسـلام، وكـذا تجنبنـا أدلجـة الديمقراطيـة وعلمنتهـا، ونظرنـا لهـا باعتبارهـا جملـة مـن الآليـات والترتيبـات ليـس فيهـا مـا يناقـض ولا يتصـور أصـلاً أن يناقـض مبـادئ وقيـم الإسـلام ـﰲ الحكـم، فـإن الإسـلام سـيكون أسـعد الأيديولوجيـات بتطبيـق الآليـات الديمقراطيـة»[37].

<hr>

31. المصدر السابق، ص ص 87-86.

32. راشد الغنوشي، الديمقراطية وحقوق الإنسان، مصدر سابق، ص 86.

33. المصدر السابق، ص 26.

34. المصدر السابق، ص 36.

35. المصدر السابق، ص 66.

36. المصدر السابق، ص 16.

37. المصدر السابق، ص ص 07-17.

ويلتقـي مصطلـح «الإسـلام الديمقراطـي» مـع مقولـة «الفصـل بـين الدعـوي والسياسـي»، إذ يقـول الغنوشـي إن النهضـة «لـم تعـد حزبـاً سياسياً وحركـة اجتماعيـة، فقـد وضعـت حـدّاً لـكل أنشـطتها الثقافيـة والدينيـة، وينصـب تركيزهـا الآن علـى السياسـة فقـط»[38]. ويضيـف أن هـذا الفصـل قـد نـص علـى أن يتخلـى إطارات الحـزب عـن مهماتهـم الدينيـة والدعويـة في المسـاجد أو الجمعيـات. ويتسـم هـذا التوجـه بالعمـل علـى وضـع اسـتراتيجية للتغلـب علـى التحديـات الكبـرى التـي تواجهها تونس سـواء مـا تعلـق منهـا بالعدالـة الانتقاليـة أو إصلاح مؤسسـات الدولـة، أو إجراء إصـلاح اقتصـادي لتحفيـز النمـو، أو وضـع المقاربـة متعـددة الأبعـاد لمحاربـة الإرهـاب[39]. وقـد لخـص هـذا التوجـه بقولـه إننا «سنسـعى إلـى التميـز بـأن نكـون حزبـاً أكثـر ديمقراطيـة مـن الآخريـن وأكثـر اهتمامـاً بشـؤون الشـعب، ولاسـيما مـا نعتبـره «قاعدتنـا الانتخابيـة» وهـم الفقـراء وأبنـاء المناطـق المهمشـة وعمومـاً الطبقـة الوسـطى ومـا دونهـا، وبـأن نجعـل للأخـلاق حظـاً في السياسـة، وأن نولـي اهتمامـاً بالأسـرة وبالديـن وبالأخـلاق وبالشـأن الاقتصـادي»[40].

ولئـن قـال الغنوشـي إن «اهتمـام النهضـة ينصـب علـى البحـث عـن حلـول لمشـاكل التونسـيين اليوميـة، أكثـر مـن تقديـم المواعـظ الأخرويـة لهـم»، فإنه أكـد أنهـا لـن تتخلـى عـن مرجعيتهـا الإسـلامية، حتـى وإن تنازلـت عـن تضميـن الشـريعة مصـدراً مـن مصـادر التشـريع في الدسـتور[41]. وقـد عبـر عـن ذلـك بطـرق متعـددة منهـا قولـه «كمـا أؤكـد أن الحـزب سيواصـل التمسـك بالمرجعيـة الإسـلامية، ولا نـدعـي أننـا سـنتحول الـى حـزب علمانـي (..)، ودسـتورنا واضـح حيـث أقـر بـأن الإسـلام ديـن تونـس، وبالتالـي لسـنا كمـا يقـول المثـل الشـعبي المعـروف «لا ديـن لا ملـة» بـل لديـنا ديـن وهـو الإسـلام»[42]. وقولـه «بالطبـع، سـتبقى

---

38. يقول حرفياً:

(The organisation is no longer both a political party and a social movement. It has ended all of its cultural and religious activities and now focuses only on politics).

39. المصدر السابق.

40. راجع حوار الغنوشي في صحيفة الشروق، مرجع سابق.

41. Ghannouch, R. (2016). From Political Islam to Muslim Democracy: The Ennahda Party and the Future of Tunisia. Foreign Affairs.   https://fam.ag/MtqeQK

42. حوار الغنوشي في صحيفة الشروق، مرجع سابق.

قيـم الإسـلام، باعتبارنا مسلمين، توجه أعمالنـا»، وقولـه «ليكن واضحاً، مبـادئ الإسـلام ألهمت دائماً النهضـة، وستظل قيمنا ترشدنا». وأضاف ـﭫ المقال نفسـه «قيمنا أصبحت متماشـية مـع المُثُل الديمقراطيـة. وقناعاتنـا الأساسـية لـم تتغيـر، مـا تغيـر – بالأحرى – البيئـة التـي فيهـا نعمـل»[43].

وتلتقـي مقولـة الإسـلام الديمقراطـي مـع مـا روجتـه مؤسسـة «رانـد» (-RAND Corpo ration) – وهـي مـن أهـم مراكـز الدراسـات الاستراتيجية وتقدم استشـارات للدوائـر الحكوميـة الأمريكيـة – مـن حاجـة الولايـات المتحدة الأمريكيـة والغـرب عمومـاً إلى البحـث عـن شـركاء يتواءمـون مـع مشـروعها لتطويـر الإسـلام وتكريـس الديمقراطيـة ـﭫ العالـم الإسـلامي لمواجهة خطر الجماعات المتطرفة، وقد اختارت لهذا المشروع عنوان «الإسـلام المدنـي الديمقراطـي»[44]. أفـلا تتنـزل مقولـة «المسلمون الديمقراطيـون» النهضوية ـﭫ إطار الاسـتجابة لهـذا المشـروع الأمريكـي، بمـا ينـزع الوهـم السـائد عـن الصـراع الإسـلاموي الغربـي وأن هنـاك التقـاء مصالـح بينهمـا؟

نخلص ممـا تقدم إلى أن مفهوم الإسـلام الديمقراطـي مـن منظور حركـة النهضة تأسـس علـى أرضيـة فكريـة قوامها نفي التعـارض بـين الإسـلام والديمقراطيـة، وهـو متولـد عـن رؤيتهـا للعلاقـة بـين الدعـوي والسياسـي، ويحمـل ـﭫ طياتـه دلالـة الجمـع بـين الديـن والديمقراطيـة، ويعكـس سـعيها إلى التمايـز عـن الحـركات الإسـلامية المتطرفة، وإلى التموقـع ـﭫ خانـة الاعتدال والوسـطية. وتعكس هـذه المراجعة وعيها بالأزمة التي يعيشـها مشـروع الإسـلام السياسـي ـﭫ سـياق التحـولات التـي يعيشـها المجتمـع التونسـي، وإدراكهـا بعدم الأريحيـة ـﭫ الانتمـاء إلى هـذا التيـار، وبـأن الاسـتمرار ـﭫ ذلـك يشـكل خطـراً عليهـا باعتبارهـا تضـم فئـات اجتماعيـة تسـعى إلى أن تعبـر عـن نفسـها سياسـياً وأن تضفـي المشـروعية علـى وجودهـا ـﭫ الحقـل السياسـي.

تبـدو «النهضـة» مـن خـلال هـذا المفهـوم للوهلـة الأولـى وكأنهـا بصـدد التحـول عـن أصولهـا

43. Ghannouch, R. (2016). From Political Islam to Muslim Democracy: The Ennahda Party and the Future of Tunisia. Foreign Affairs. https://fam.ag/MtqeQK

44. Benard, C. (2003). Civil democratic Islam partners, resources, and strategies. RAND Corporation. https://bit.ly/32s0Iwv

التي طبعتها بطابع الإسلاموية وأفردتها بهوية جديدة تميزها عن غيرها من الحركات الإسلاموية في المجال العربي، ولكن عبارات من قبيل «المرجعية الإسلامية» و«ثوابت الدين» و«المشروع الإسلامي» و«الوسطية الإسلامية» تطرح أسئلة كثيرة، وتدفعنا إلى البحث في حدود المراجعة.

رابعاً: في حدود المراجعات

أثارت توجهات «النهضة» الجديدة ردود فعل مختلفة سواء بالنسبة إلى خصومها الذين يثيرون الشكوك حول مصداقيتها، ويرون ذلك مظهراً من مظاهر ازدواجية الحركة وخطابها المخاتل للتفصِّي من آثار ضغوطات التحولات في الموقف الإقليمي والدولي من الإسلام السياسي وللإيهام بالتغيير تمهيداً لإعادة التموقع من جديد، أو بالنسبة إلى أنصارها الذين يتمثلونها جماعة دينية سياسية، وهم وإن أبدوا امتعاضهم وأحياناً سخطهم مما قد يكون تنكراً من الحركة لهويتها الأصيلة، فإن فيهم من يتفهم موقفها في التكيف مع متغيرات الواقع؛ اتقاءً لمخاطره وصوناً لوجودها.

ولا يخفى ما يشوب هذين الموقفين على اختلافهما من شبهة التحيز على أساس أيديولوجي، وهما ينبعان من تصورات تعكس هواجس أصحابها ورغباتهم أكثر من كونهما حصيلة رؤية موضوعية. ونروم فيما يلي أن نختبر من منظور نقدي حدود المراجعات المعلنة في خطاب حركة النهضة في مستويين: مستوى المصرح به وننظر في الثغرات المعرفية والنظرية في التصور النهضوي للإسلام الديمقراطي، ومستوى المسكوت عنه ونهتم فيه بمدى استجابة النهضة الأخلاقية لشرطي النزاهة والمصداقية.

المصرح به من الخطاب

ينطوي الخطاب النهضوي حول ثنائية الإسلام والديمقراطية على ثغرة نظرية تكمن في التشبث بمفهوم شمولية الإسلام، لا باعتباره ديناً بل باعتباره هوية سياسية وتراثاً وصلاحيته المتعالية على مشروطية الزمان والمكان وهو أخص خصائص الأيديولوجية الإسلاموية من ناحية، وفي اعتبار الديمقراطية، من ناحية أخرى، نظاماً سياسياً وحسب واختزالها في كونها آلية وترتيبات؛ أي في بُعدها الإجرائي. ذلك أن قاعدة الديمقراطية المتمثلة في حكم الشعب ليست مطلقة فهي محكومة بجملة من القيم والثقافات

والخيارات التي تعبر عن الشخصية الحضارية لشعب معين[45].

فليست الديمقراطية فيما صرح به هذا الخطاب سوى مطية تركب من أجل هدف معلن هو الدولة الإسلامية، تلك التي قال عنها الغنوشي إنها «وسيلة لا غنى عنها مادام الإنسان اجتماعياً بطبعه، ومادام الإسلام نظاماً شاملاً للحياة يبتغي إنتاج بيئة اجتماعية تتيح لأكبر عدد ممكن من الناس أن يعيشوا روحياً ومادياً في توافق فطري مع القانون الذي جاء به الإسلام»[46]. والدولة الإسلامية هي أساس المشروع الإسلاموي؛ أي «ذلك المشروع الديني الساعي إلى السلطة السياسية ليتمكن من إعادة بناء الخلافة الإسلامية، مستخدماً الدين الإسلامي أرضية عقائدية لطرحه السياسي والاقتصادي والاجتماعي، ولفرض طريقة حياة معينة على جميع المسلمين وغير المسلمين، متجاهلاً الظروف الموضوعية الموجودة في السياقات المحلية، ومحاولاً العودة إلى ماض جميل متخيل ومستعار من التاريخ الإسلامي؛ ما يعطي الجماعات الدينية السياسية المعبرة عن الإسلام السياسي صفة الجمود والهروب من الواقع»[47].

وهكذا ينهض هذا الخطاب، في رأينا، على خلط لا يستقيم بين منظومتين؛ منظومة تقليدية قوامها إخضاع البشر لما يُعتبر «حاكمية الله» – وهو أساس الإسلام بحسب منظور دعاة الإسلاموية – وتجريدهم من حقوقهم في تنظيم اجتماعهم، ومنظومة حديثة تستند إلى حقوق البشر وتشتغل وفق قواعد قانونية وسياسية نابعة من إرادة البشر أنفسهم ومن تعاقداتهم لتنظيم اجتماعهم، وأساس نظامها السياسي حكم الشعب[48].

ويظهر الخطاب النهضوي مثالاً للموقف التلفيقي، فلا يعدو أن يكون تلفيقًا بين منظورين يختلفان في رؤيتهما للعالم ولتنظيم الحياة والعلاقات الإنسانية؛ فالإسلام من حيث هو

---

45. راشد الغنوشي، الديمقراطية وحقوق الإنسان، مصدر سابق، ص ص 69-67.

46. المصدر السابق، ص 14.

47. جمال سند السويدي، السراب، مرجع سابق، ص 139.

48. من مظاهر الخلط الأخرى بين هاتين المنظومتين مسألة المساواة فهي ليست من منظور الإسلاميين إلا رديفاً للعدل الذي هو «مساواة بين الناس أو بين أفراد الأمة في تعيين الأشياء لمستحقيها، وفي وسائل تمكينها بأيدي أربابها»، بل ويذهب إلى القول إن الإسلام –هكذا على الإطلاق– يقبل في سياسته الواقعية التمييز على أساس الجنس رعاية للاختلافات البيولوجية بين المرأة والرجل وانسجاماً مع أولويات الأدوار في المجتمع الإسلامي وحفظاً لكيان المجتمع والمرأة. راشد الغنوشي، مقاربات في العلمانية والمجتمع المدني (لندن: المركز المغاربي للبحوث والترجمة، 1999)، ص 71، وص ص 77-76.

دين معني بأسـئلة الوجود والمصير، وبربـط الإنسـان بالإلهي، أمـا الديمقراطيـة فهي ليسـت شـكلاً للتنظيـم السياسـي أو طريقـة لتنظيم العلاقـات الاجتماعيـة أي أداة فقـط، بـل هـي قيمـة وضـرورة أخلاقيـة أيضـاً، وهـي تكمـن في نزعـة البشر غير القابلـة للتصـرف في أن يأخـذوا على عاتقهم تحديد مصيرهـم الفردي والجماعـي، وهـذا هـو مـا يشـكل الوحـدة العميقـة لمـا يمكن اعتبـاره مفاهيـم مختلفـة للديمقراطيـة[49].

وحري بنـا أن نميـز بيـن القيـم الديمقراطيـة والأشـكال الديمقراطيـة، فالقيـم الديمقراطيـة هـي أن يكون الشـعب حراً في اختيـار طريقـة الحكم وتغييرهـا، وأن يكون المواطنـون سـواسية بغـض النظـر عـن العـرق والديـن والأصـل والجنـس، وأن يوجد نـص قانونـي مكتـوب نابـع مـن الإرادة الشـعبية يطبـق على الجميـع وبحيـاد، وأن تخضـع الحكومـة لإرادة المحكومـين وإجماعهـم[50]. فـلا معنـى، في تقديرنـا، للقـول بالديمقراطيـة المحمولـة على معنـى أن الفـرد مواطن يتمتـع بكامل حقـوق المواطنـة بغـض النظر عـن دينه وطائفتـه وجنسـه، وعلـى معنـى إدارة الشـأن البشـري مـن منطلـق الانتمـاء إلى الأمـة-الدولـة باعتبارهـا مفهومـاً سياسـياً قانونيـاً، والربـط بينهـا وبـين الهويـة الدينيـة التـي هـي شـأن خـاص بالفـرد لا أثـر لـه في مكانتـه ودوره في المجتمـع والدولـة، وقد تم في نطـاق مفاهيـم السياسـة الحديثـة تجـاوز طابعها المعيـاري الـذي يجعلها تعلـو فـوق الدولـة.

وليـس هـذا الخلـط سـوى انعكاس لرؤيـة ماهويـة للإسـلام تتمظهـر في عـدم التمييـز بيـن الإسـلام من حيث هـو رسـالة وتراث وتجـارب تاريخيـة مـن ناحيـة، وفي الاعتقـاد بالتماهي بين الإسـلام والأيديولوجيا الإسـلاموية وفي أن المسـلم لا يكون مسـلماً إلا إذا سـلم بمنطلقات تلك الأيديولوجيا وقبـل بأطروحاتهـا مـن ناحيـة أخـرى[51].

إن هـذا الخطـاب في جمعـه بـين الإسـلام والديمقراطية ليس سـوى خطـاب مخاتـل مُمـوّه يقوم على

---

49. Burdean, G. (2020). Démocratie. Encyclopaedia Universalus. Corpus 7. p. 151.

50. Sick, G. (1994). Islam and the norms of Democracy. In W. Richard (ed.) Under siege: Islam and Democracy. Columbia University: Middle East institute.

51. ذهب سـونر جاغابتـاي (Soner Cagaptay) إلى تأكيـد التمايـز بـين الإسـلام دينـا والإسـلاموية التـي «هـي ليست شـكلاً من أشـكال العقيدة الإسـلامية أو تعبيـراً عـن التقـوى الإسـلامية، وإنمـا هـي عبـارة عن أيديولوجيا سياسـية تسـعى لاسـتمداد شـرعيتها من الإسـلام. إن الإسـلام، والإسـلاموية ليسـا مفهومـين مترادفـين، وهنـاك حتى توتر بين الاثـين.» انظـر: سـونر جاغابتـاي، «المسـلمون مقابل الإسـلامويين»، موقع معهد واشـنطن لسياسـة الشـرق الأدنـى، 27 يناير 2010، على الرابط: https://bit.ly/3t9Nv7e

الإيهام بمراجعة التموقع الأيديولوجي، في حين أن الأمر لا يعدو أن يكون تراجعاً مرحلياً، فيبقى «النهضوي» متشبثاً بالأيديولوجيا الإسلاموية، سواء باعتبارها مرجعية أو أداة تعبئة وحشد، ويوهم بأنه ديمقراطي بمعنى أنه متباين عن الحركات الإسلامية المتطرفة، ويرى خلافها أن ترتيبات الديمقراطية أسلم طريقة للوصول إلى الحكم، ولتهيئة الظروف الملائمة لتحقيق المشروع الإسلامي.

والخلاصة مما تقدم أن هذا الاصطلاح «المسلمين الديمقراطيين» أو «الإسلام الديمقراطي» ليس، في رأينا، سوى اشتقاق لفظي لا يغير من محتوى الدلالة بصفة جوهرية، ذلك أن التشبث بالهوية الدينية في العمل السياسي يشي بالسعي إلى توظيف تلك الهوية سواء باعتبارها مرجعاً يُستَلهَم منه البرنامج السياسي أو باعتبارها أداة للاستقطاب والتجييش، فكيف يمكن لمن بنى نظرته على أساس امتلاك الحقيقة المطلقة وادعاء تمثيل الدين الصحيح واعتبار الدين أساس الممارسة السياسية والاجتماعية وغايتها، أن يتحول إلى فضاء عقلي مختلف قائم على قيم النسبية وحق الاختلاف والعقلانية، وهي القيم المؤسسة لجوهر الديمقراطية، دون أن يبرهن من خلال بناء فكري حجاجي واضح ونزيه أسباب التحول ودوافعه ورهاناته الفكرية والسياسية ويستجيب لمقتضياته الأخلاقية والعملية، ويبذل الجهد الكافي لإقناع أنصاره وقواعد حركته بضرورة أن يواكبوا هذا التحول، وإلا عُدَّ الأمر مجرد تراجع مرحلي أو استجابة ظرفية لتحولات في السياق السياسي الإقليمي والدولي مناوئة لتيار الإسلام السياسي.

المسكوت عنه في الخطاب

يتعلق التساؤل في هذا العنصر بمدى استجابة خطاب حركة النهضة حول ما تقدمه من هوية جديدة لها لجملة من الشروط الأخلاقية، لعل أبرزها شرطا النزاهة والمصداقية، ويمكن أن نشير إليهما بإيجاز فيما يلي:

- تقتضي النزاهة أن يتضمن الخطاب مراجعة نقدية علنية لتاريخ حركة النهضة منذ نشأتها، فالسردية الجديدة التي تروج لها الحركة وتقوم بالدعاية المكثفة لها تتطلب الشجاعة بالمعنى الأخلاقي في التصريح بما تسكت عنه في سرديتها السابقة وبالجوانب الخفية في الماضي. ويستوقفنا في هذا الإطار أمران على درجة كبيرة من الأهمية في تقديرنا؛ وهما: الاعتراف بما مارسته في مرحلة من تاريخها من عنف بهدف الوصول إلى السلطة[52]، ولاسيما أن شكوكاً كثيرة تحوم حول استمرا

---

52. منها تكوين مجموعة عسكرية وأمنية أطلقت عليها اسم «مجموعة الإنقاذ الوطني» لإعداد انقلاب في 8 نوفمبر

امتلاكها جهازاً سرياً استخباراتياً وعسكرياً[53]، والاعتراف بأنها كانت حركة دعوية تستغل الدين والمساجد لخدمة مشروعها، ويستبطن القول بالدعوة تقسيم الناس عقائدياً ومعرفياً، فالداعية الإسلاموي ليس فقط من يرى نفسه أكثر علماً بالدين من أولئك الذين يدعوهم بل يحتكر ما يعتبره الفهم الصحيح الأوحد للدين، فيبدو المخالف له إما صاحب عقيدة ناقصة أو خاطئة أو هو غير مسلم أصلاً، ويعكس ذلك استعادة للتقسيم الذي أقامه الأصوليون القدامى بين صنف مكلَّف في نفسه وهم العامة، وصنف مكلف في نفسه وفي غيره، وهم الخاصة من أهل العلم[54].

– كما تحتاج النزاهة إلى التخلي عن الازدواجية؛ أي الالتزام بقدر من الانسجام والمعقولية: فكيف يستقيم الجمع مثلاً بين القول باعتماد الديمقراطية في اتخاذ القرارات، والإبقاء على مجلس الشورى بكل ما تشي به العبارة من خلفية ماضوية اسماً لأعلى سلطة في الحزب؟ وما مدى مصداقية القول بالفصل بين الدعوي والسياسي ومجلس الشورى يضم في عضويته من ينتمي إلى منظمات دولية إسلامية تدور في فلك التنظيم الدولي للإخوان المسلمين على غرار الاتحاد العالمي لعلماء المسلمين (عبدالمجيد النجار) والمجلس الأوروبي للإفتاء والبحوث (راشد الغنوشي)؟

– تستدعي المصداقية توضيح المقصود على وجه الدقة بالمرجعية الإسلامية الواردة في تعريفها «حركة النهضة حزب سياسي وطني ذو مرجعية إسلامية»؛ فالعبارة فضفاضة وتحمل معاني عديدة، ولاسيما أن الصياغة تجعلها مكوناً من مكونات هوية الحركة. ويمكن أن يُفهم منها أنها لم تتخل نهائياً عن الإسلاموية، وأنها ماتزال تستمد مشروعيتها السياسية من الدين، وهو ما يقتضي إعلانها بوضوح ودون مناورة أنها قطعت مع أطروحاتها التي تمثل إطارها المرجعي من

<hr>

1988. راجع في هذا المضمار: المنصف بن سالم، سنوات الجمر: شهادات حية عن الاضطهاد الفكري واستهداف الإسلام في تونس، ص ص 46-42. متاح إلكترونياً على الرابط: https://bit.ly/JoEqsL

53. كشف فريق هيئة الدفاع عن ملف اغتيال شكري بلعيد ومحمد البراهيمي، منذ شهر أكتوبر عام 2018 وجود وثائق وأدلة تفيد بامتلاك النهضة لجهاز سري أمني مواز للدولة، متورط في اغتيال المعارضين، وفي ممارسة التجسس واختراق مؤسسات الدولة، غير أن القضاء التونسي لُم يحسم بعد في هذه القضية.

54. انظر: أبو محمد علي بن أحمد بن حزم الأندلسي، الإحكام في أصول الأحكام (بيروت: دار الآفاق الجديدة، د-ت)، مج 2، جـ 5، ص 121.

قبيل شمولية الإسلام، والخلط بين الدين والسياسة، والدولة الإسلامية والمشروع الإسلامي، والإقدام على مراجعتها مراجعة عميقة قائمة على مفهوم القطيعة بالمعنى الإبستمولوجي لا التراكمي. وفي واقع الأمر إن الحفر في مرجعيات الخطاب النهضوي يكشف عن إطار نظري يتأصل فيه ويستمد منه المرونة البادية في سطحه الظاهر ويضفي عليه مشروعية من داخل الأيديولوجيا الإسلاموية، ويكمن هذا الإطار في مفاهيم من قبيل: فقه الواقع، وفقه الأولويات، والوسطية[55].

- إن الفصل المطروح هو الفصل بين الديني والسياسي، ويبدو أن خطة النهضة الدعائية قامت على التملص من هذا الاستحقاق من خلال استغلال الالتباس الحاصل بين ثنائيتي: الديني/ السياسي، والدعوي/ السياسي؛ وهو ما يتيح أمرين: استمرار الخيط الرابط بين النهضة والحركات الإسلامية في الجمع بين الدين والسياسة، وفسح المجال في ظل نظام حكم ديمقراطي تعددي لتكوين جمعيات دعوية غير مرتبطة تنظيمياً بالحزب تكون مهمتها إعداد المجتمع الإسلامي الذي سيكون أساس بناء الدولة الإسلامية التي تحتكم إلى قواعد الحكم الإسلامي وتقبل تطبيق الشريعة، وهي الغاية المنشودة[56]. فيكون الفصل حينئذ فصلاً تنظيمياً ولا يعني التمايز في المشروع، وليس في النهاية سوى توزيع أدوار. وليست مقولة الدعوة غريبة عن أدبيات الحركات الإخوانية وتعود إلى حسن البنا الذي قسم الناس إلى قسمين؛ قسم تربطهم بهم رابطة العقيدة، وقسم «بيننا وبينهم رابطة هي رابطة الدعوة، علينا أن ندعوهم إلى ما نحن عليه؛ لأنه خير الإنسانية كلها»[57]. وليس عامل الوقت مهماً فالإسلاميون يدركون بحسب تعاليمه أن طريقهم «طويلة المدى

55. راجع هذه المفاهيم عند يوسف القرضاوي، أحد الدعاة المؤثرين في الجماعات الإسلاموية الإخوانية. فهو يعرّف الوسطية بقوله «التوسط أو التعادل بين موقفين متقابلين أو متضادين بحيث لا ينفرد أحدهما بالتأثير ويطرد الطرف المقابل». انظر كتابه، الخصائص العامة للإسلام (بيروت: مؤسسة الرسالة، 1977)، ص 143. وفقه الأولويات هو «أن نضع كل عمل في مرتبته التي وضعه فيها الشرع». انظر كتابه، في فقه الأولويات: دراسة جديدة في ضوء القرآن والسنة (القاهرة: مكتبة وهبة، ط 2، 1996)، ص 9. وأما فقه الواقع فهو أن يزاوج الفقيه بين الواجب والواقع. راجع كتابه، فقه الجهاد: دراسة مقارنة لأحكامه وفلسفته في ضوء القرآن والسنة (القاهرة: مكتبة وهبة، ط 3، 2010)، جـ 1، ص 39.

56. عبر الغنوشي عن هذه الفكرة منذ بداية التسعينيات، راجع كتابه: الحريات العامة في الدولة الإسلامية، مصدر سابق، ص 364.

57. حسن البنا، «رسائل الإمام الشهيد»، موقع إخوان ويكي، على الرابط: https://bit.ly/3ef2yGB

بعيدة المراحل كثيرة العقبات، ولكنها وحدها التي تؤدي إلى المقصود»[58]. وهكذا تبدو مقولة الفصل بين الدعوي والسياسي مقولة دعائية تمويهية لتخفيف الضغط على حركة النهضة بإظهارها في صورة جديدة من ناحية، وخدمة غاية الحركة الإسلاموية النهائية وهي إرساء دعائم الدولة والمجتمع الإسلاميين، وفق تصورها المخصوص من ناحية أخرى. ولا يخفى البعد البراغماتي في خطة حركة النهضة، فهي تقر بأن هدف الجماعة الإسلامية القريب والبعيد إقامة الحكم الإسلامي، ولكنها تتعامل مع الواقع بنوع من المرونة ويظهر ذلك في قبولها التحالف مع غير الإسلاميين لإقامة حكم تعددي، وفي ظل هذا الحكم التعددي يسمح للدعاة بنشر الدعوة تمهيداً «لإقامة حكم الإسلام ولو بعد حين»[59]. وتشي عبارة «بعد حين» إلى الانشداد لمنهجية الإخوان المسلمين في اتباع التدرج والمرحلية انتظاراً للحظة التمكين، وهي اللحظة التي يتخلى فيها الإسلاموي الإخواني عن كل الأقنعة التي تقنع بها وهو يعمل على نيل مراده. ويظهر الواقع أن حركة النهضة ماتزال في المراحل المفصلية تلجأ إلى استعادة خطابات ومواقف محملة بالمزج بين الديني/ الدعوي والسياسي لتجييش أنصارها على غرار خطاباتها في أثناء الحملات الانتخابية وفي لحظات استشعار الخطر من الخصوم السياسيين.

والحاصل مما تقدم، أن حركة النهضة تعيش لحظة تحول ترتسم فيها معالم القلق والتأزم، وقد تمظهرت في مفهوم «المسلمين الديمقراطيين» الملتبس، وهو يعكس حال التمزق بين الوفاء لمبادئ الحركة الإسلاموية، والمصالحة مع الأوضاع الجديدة والتعايش مع مقتضياتها. والرأي عندنا، أن الأمر لا يقتصر على مراجعة على نحو ما دأبت عليه الحركات الإسلاموية كلما استشعرت الخطر والتهديد، وإنما هو مسار تحول طويل وشاق، وينبغي ألا يقتصر على الجانب الشكلي الدعائي، وأن يستجيب لمقتضياته المعرفية والأخلاقية، وأن يأخذ بالحسبان معطيات البيئة التونسية بتركيبتها الاجتماعية ونظامها الثقافي.

---

58. حسن البنا، رسالة التعاليم، ص 9، موقع إخوان ويكي، على الرابط: https://bit.ly/3efwv9z

59. الغنوشي، الحريات العامة في الدولة الإسلامية، مصدر سابق، ص 364.

خاتمة

تبـين لحركـة النهضـة خـلال فتـرة الحكـم أن اختبـار الأطروحـات الإسـلاموية قـد اصطدم بإكراهـات الواقـع في أبعـاده السياسـية والاقتصادية والاجتماعية، وبدا جليـاً أن تنـزيلها في الواقـع تحـول دونـه عقبـات تجعلهـا أقـرب إلـى الطوباوية، وهـو مـا يمثل وجهـاً مـن وجوه العطـب الفكري والفشـل السياسـي. وبات مـن الواضح أن مشـروع الإسلاموية لا يمكـن أن يكون مشروع حكم في تونس، وأن لقوى المجتمـع المدني والسياسـي دوراً مؤثراً يعسـر غـض الطـرف عنـه، وليـس مـن الحكمـة الاستهانة بـه. وقـد مثلت هـذه التجربـة حافـزاً لهـا لكـي تقـدم علـى مراجعـات تنتهي باجتراح صـورة وهوية جديدتين.

إن التغييـر في حركـة النهضـة، مثلمـا دل علـى ذلـك السـياق، حاجـة ملحـة تفرضهـا التحـولات الإقليميـة والدوليـة مـن ناحيـة، واحتكاكهـا بالواقـع الاجتماعـي والثقافي التونسـي مـن ناحيـة أخـرى. ويجـدر في هـذا المضمـار ألا يقتصـر الأمـر علـى الجانب الدعائـي والشـكلي، فتبقـى الحركة دائـرة في فلـك تيـار الإسـلام السياسـي تتبـرأ مـن حركاتـه ذات النـوازع المتطرفة والمتشـددة، وتحتفـظ في العمـق بأطروحاتـه الأساسية مـن قبيـل شـمولية الإسـلام، والإسـلام ديـن ودولـة، والمجتمـع الإسـلامي، وتغلفها بثـوب جذاب عنوانـه الإسـلام سـواء الديمقراطـي أو الوسطي أو المعتدل، يقيهـا مـن ضغـوط تلـك التحـولات مـن جهة، ويصلهـا بالحركات الإسـلامية مـن جهـة أخـرى. فإذا مـا خفت تلـك الضغـوط أمكـن أن تقـول إنهـا لـم تغـادر قـط سـفينة «الإسـلام» بـاعتباره أيديولوجيا شـمولية؛ أي مـن حيـث هـو عقيـدة وشـريعة، ديـن ودولـة، وأن مشـروعها هـو «الإسـلام» أبـداً، وإن تنوعـت وسـائله. والـرأي عندنـا، أنـه ينبغـي علـى الحركـة أن تتبايـن مـن الناحيـة المنهجيـة الجذرية مـع أطروحـات الإسـلام السياسـي، وبصفـة خاصـة مـع مبـدأ شـمولية الإسـلام وتوظيـف الديـن في السياسـة. ودون ذلـك تبقـى أواصرهـا مشـدودة وإن بشـكل باهـت مـع الإسـلام السياسـي، ولا يُسـتبعد متـى تهيـأت الظـروف أن تسـترد موقعهـا فيـه وأن تعـود إلـى محضنـه الأيديولوجـي بشـكل علنـي. وقـد يكـون أفـق التغييـر أن تصبـح حركـة النهضة حزبـاً محافظـاً بصبغـة مدنيـة في إطار الدولـة الوطنيـة بمرجعيتها

الدسـتورية والقانونيـة الحديثـة، وأن منهجـه الأقـوم القطيعـة لا التراكـم.

قائمة المصادر والمراجع

مصادر

1. البنـا، حسـن. «رسـائل الإمـام الشـهيد»، موقع إخوان ويكي، على الرابـط: //https:
bit.ly/3ef2yGB

2. رسالة التعاليم، رسالة التعاليم، ص 9، موقع إخوان ويكي، على الرابط: //:https
bit.ly/3efwv9z

3. الغنوشـي، راشد. الحريـات العامـة في الدولـة الإسـلامية (بيروت: مركز دراسـات الوحدة العربية، ط1، 1993).

4. مقاربات في العلمانية والمجتمع المدني (لندن: المركز المغاربي للبحوث والترجمة، 1999).

5. من تجربة الحركة الإسلامية في تونس (لندن: المركز المغاربي للبحوث والترجمة، 2001).

6. الديمقراطيـة وحقوق الإنسـان في الإسـلام (قطر / لبنـان: مركز الجزيرة للدراسـات/ الدار العربية للعلـوم ناشرون، ط1، 2012).

7. «رمضـان والثـورة يغذيهـا»، موقع الجزيرة.نت، 3 أغسـطس 2011، علـى الرابـط:
https://bit.ly/3tLAS2V

8. «مـدى مصـداق دعوى فشـل الإسـلام السياسـي»، موقع الجزيرة.نت، 24 أكتوبر 2013، علـى الرابط:
https://bit.ly/3apqB4N

9. بن سالم، المنصف. سنوات الجمر: شهادات حية عن الاضطهاد الفكري واستهداف

الإسلام في تونس. متاح الكترونياً على الرابط: https://bit.ly/2QHzUpn

11 بيانات ووثائق حركة النهضة في موقعها على الإنترنت   http://www.ennahdha.tn

راجع

لغة العربية

1. ابن حزم، أبو محمد علي بن أحمد بن حزم. الإحكام في أصول الأحكام (بيروت: دار الآفاق الجديدة، د-ت).

2. جاغابتاي، سونر. «المسلمون مقابل الإسلاميين»، حريت ديلي نيوز، 27 يناير 2010، موقع معهد واشنطن لسياسة الشرق الأدنى، على الرابط:
http://www.washingtoninstitute.org/ar/policy-analysis/view/mus-lims-vs.-islamists

3. الحمروني، محمد. «فصل الحزبي عن الدعوي في المغرب»، 27 مايو 2016، موقع الاسلاميون، على الرابط: https://bit.ly/3dyWBW8

4. الزين، حسن محمد. الربيع العربي آخر عمليات الشرق الأوسط الكبير (بيروت: دار القلم الجديد، 2013).

5. السويدي، جمال سند. السراب (أبوظبي، 2015).

6. القرضاوي، يوسف. الخصائص العامة للإسلام (بيروت: مؤسسة الرسالة، 1977).

7. في فقه الأولويات دراسة جديدة في ضوء القرآن والسنة (القاهرة: مكتبة وهبة، ط 2، 1996).

8. فقه الجهاد: دراسة مقارنة لأحكامه وفلسفته في ضوء القرآن والسنة (القاهرة: مكتبة وهبة، ط 3، 2010).

9. ليسير، فتحي. دولة الهواة: سنتان من حكم الترويكا في تونس (تونس: دار محمد علي للنشر، 2016).

10. مصباح، محمد. إسلاميو الملك: التجربة المغربية، 23 مارس 2015، موقع مركز كارنيغي للشرق الأوسط، على الرابط: ⁏://carnegie-mec.org/2015/03/23/ar-pub-59455

باللغات الأجنبية

Benard, C. (2003). Civil democratic Islam partners, resources, and strategies. RAND Corporation. https://bit.ly/32s0Iwv

Brooke, S. (2013). U.S. Policy and the Muslim Brotherhood. https://bit.ly/JoEpVJ

Burdean, G. (2020). Démocratie. Encyclopaedia Universalus. Corpus 7.

Clinton, H. (2014). Hard Choices. Simon & Schuster.

De Bellaigue, C. (2017). The long-read Trump's dangerous delusions about Islam. https://bit.ly/JoEqcf

Ghannouch, R. (2016). From Political Islam to Muslim Democracy: The Ennahda Party and the Future of Tunisia. Foreign Affairs. https://fam.ag/MtqeQK

Sick, G. (1994). Islam and the norms of Democracy. In W. Richard (ed.) Under siege: Islam and Democracy. Columbia University: Middle East institute.

Taylor, G. (2017). How to deal with Muslim Brotherhood triggers Trump White House infighting: Legitimate political activity complicates designation. https://bit.ly/Mtqdwa

نبذه عن المؤلف

د. فريد بن بلقاسم

يعمـل الدكتـور فريـد بـن بلقاسـم أستاذًا مسـاعدًا ﴾ المعهـد العالـي للعلـوم الإنسـانية بجامعـة تونس المنـار، وهـو حاصـل علـى شـهادة التأهيـل الجامعـي مـن كليـة الآداب والفنـون والإنسـانيات بمنوبة عـام 2020، كمـا نـال مـن الكليـة نفسـها درجة الدكتوراه عام 2011 عن بحثه تحت عنوان «علاقة المسلمين بغير المسلمين مـن خـلال الاستشـراق المعاصـر: برنـارد لويس أنموذجاً». وهـو باحـث ﴾ الفكـر الإسـلاميّ الحديـث والمعاصـر، ومتخصّـص ﴾ الحـركات الإسـلامويّة.

شـارك الدكتـور بـن بلقاسـم ﴾ عـدّة نـدوات علميّـة، وصـدر لـه دراسـات عديـدة؛ مـن أبرزهـا «رهانـات الأسـلمة ﴾ خطـاب الإسـلاميين: المسـألة الاقتصاديـة أنموذجاً» ضمـن كتـاب المسـبار؛ وقضايـا الهويـة ﴾ الإسـلام المعاصـر ضمـن مجلـة رؤى اسـتراتيجية؛ وصـدر لـه كتـاب الإسـلام السياسـيّ ومفهوم المخاطـر عـن دار الجنـوب-تونـس. ولـه مقـالات ومداخـلات ﴾ عـدّة صحـف ومواقـع إلكترونيّـة تونسـيّة وعربيّـة.